LE BANQVET DES AMOVREVX.

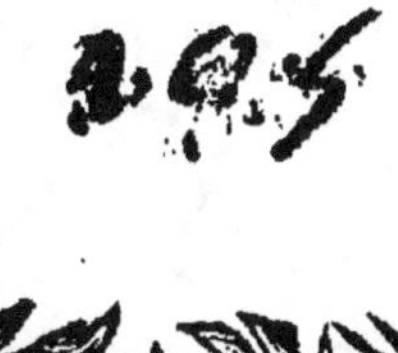

A PARIS,

M. DC. XXVII.

POVR
LE BANQVET
DES AMOVREVX.
CARTEL

En faueur de la belle ISIS.

Esia le puissant Dieu qui regne dessus l'onde
A veu choir en son sein la Lumiere du monde,
Le bruit cesse par tout, & de peur des Grisons
Les Bourgeois à grands pas regagnent leurs maisons,
L'Etoile de Venus commence de parestre,
Il la faut saluër, qu'on ouure la fenestre
Afin que ce flambeau fauorable aux amours
Durant nostre banquet nous éclaire tousiours.
  Paix qui liez les cœurs d'vne chaisne eternelle,
La troupe des Amans en ce lieu vous appelle,
Presages de mal-heur retirez vous d'ici,

Banniſſons loin de nous la peine & le ſouci,
Il ſe faut mettre à table & commencer la feſte,
Que de ce beau lierre on couronne ma teſte;
    O vin delicieux qui ſeul es mon recours
Quand l'effort des ennuis veut abreger mes iours,
Ie te vais employer & vider ce grand verre
Pour le plus bel objet qui ſoit deſſous la terre.
Plaiſant Dieu des beuueurs, confort des Amoureux
Vueillez fauoriſer ce deſſein genereux,
C'eſt enl'honneur d'ISIS que ie fais cette ronde,
Alphonſe verſe à boire afin que tout le monde
Lui rende come moi d'vn cœur deuotieux
Les honneurs que l'on doit à l'eſſence des Dieux.
Amis, vous auez veu ſa beauté nompareille,
Et vous n'ignorez pas que c'eſt vne merueille
Où le Ciel a voulu découurir ſes treſors,
C'eſt là qu'vn bel eſprit loge dans vn beau corps,
Elle a comme le nom le port d'vne Deeſſe,
Et ſi quelqu'vn de vous penſe que ſa Maiſtreſſe
Ait quelque qualité qui puiſſe auec raiſon
A la Deeſſe ISIS faire comparaiſon,
Ie luy ferai pareſtre à force de bien boire
Qu'elle doit ſus tout autre emporter la victoire,
Et montrant qu'il ſe trompe en ſon opinion
I'excuſerai cela deſſus ſa paſſion
Pourueu qu'il ſe dediſe, & deuenu plus ſage
Confeſſe que la belle à qui ie fais hommage
Va iuſtement du pair auec les Deïtez
Et ſe doit appeller la Reine des beautez,
S'il ne peut s'y reſoudre il faut qu'il ſe prepare
A boire mille fois pour vn ſuiet ſi rare,
Et ſi meſme il vidoit ſon verre mille fois,

Encor d'autant de coups ie recommencerois,
Que ce fidelle Amant garde de se méprendre,
Ie finirai mes iours pluſtoſt que de me rendre,
Et tant que la chaleur animera mon ſang
Iamais la belle ISIS n'aura le ſecond rang.

AMINTE.

ODE

POVR LE BANQVET

DES AMOVREVX.

VS ſus que la ioye à ſon tour
Succede en la place des peines;
Que Bacus au lieu de l'Amour
S'eſcoule par toutes mes veines;
Que deſormais dedans mon cœur
Son feu demeure le vainqueur,
Puis qu'il a pouuoir de me rendre
Et le repos & l'appetit
Que cet Archerot ſi petit
Depuis vn peu m'eſt venu prendre.

Ma bouche ouure-toy promptement,
Donne de l'eſpace à ma langue,
Non pour faire de mon tourment

Quelque lamentable harangue;
Mais pour sauourer à lons trais
Ce vin qui lance plus de rais
Du sein brillant de ce grand verre
Que l'Astre le Pere des iours,
Du plus bel endroit de son cours,
N'en laisse tomber sur la terre.

Plaizirs, fidelles Compagnons
Sauuons nos testes de l'orage;
En rien cet Amour n'espargnons
Qui nous menasse de sa rage;
Ce jus nous en doit deliurer :
Il va cet Aueugle eniurer
Auecques semblable malice
Que jadis ce Borgne le fut,
Qui tant de fois but, & rebut
Le vin que lui versoit Vlisse.

MELINTE.

VERS
DE LA BELLE ISIS.
AVX AMOVREVX.

IE prie de bon cœur toutes les Deftinées
Que vous tiriez faueur de vos belles aymées,
Afin qu'au mefme iour que vous ferez contés
Vous beniffiez mes iours d'vn eternel printéps,
En attendant, Amis, beuuez de la main gauche,
Et ne m'oubliez pas durant voftre desbauche.

POVR
LE BANQVET
DES AMOVREVX.

 A belle Aurore au teint vermeil
Faiſoit diſcerner toutes choſes,
Et deuant le char du Soleil
Semoit les œillets & les rozes,
Alors que ie vis la beauté
Qui me tient en captiuité.

Dans vn pré tout couuert de fleurs
Cette Deeſſe eſtoit couchée,
Qui de mes iniuſtes douleurs
Ne peut iamais eſtre touchée,
Et mille zefirs à l'entour
A ſes beautez faiſoient l'Amour.

Vn carquois & des trais ſeruoient
De cheuet à cette Deeſſe,
Ses beaux yeux du ſomme eſprouuoient
Combien douce eſtoit la pareſſe,
Ne m'eſtoit il pas lors permis
De ſurprendre mes ennemis ?

Ie ne ſçay comment le ſommeil
Pouuoit loger ſous ſes paupieres,
Où luiſoient comme le Soleil
Ses beaux yeux mes ſeules lumieres,
Luy qui de la clarté s'enfuit
N'aymant que l'horreur de la nuict.

Les

Les zefirs leuant le mouchoir
Qui couuroit sa gorge d'albastre,
Deux monts de lait me fezoient voir
Dont ie deuenois idolastre,
Ma main brusloit de les toucher
Et ie n'osois en approcher.

Le lis ne peut estre esgallé
A la blancheur de son visage,
Qui de rouge vn petit meslé
Luy donnoit vn tel auantage
Que sans doute elle eut eu le prix
Que Venus receut de Paris.

Amis plus long temps ie ne veux
Vous parler de ce cœur de marbre,
De l'esclat de ses beaux cheueux
Ny de sa bouche de cinabre,
Elle est brunette, & sa beauté
Ne cherit que la cruauté.

Comme ie pensois approcher
De cette diuine merueille,
Au bruit que ie fis à marcher
En sursaut elle se reueille,
Et d'vn maintien plain de desdain
L'ingrate me quitta soudain.

I'ay souffert iusqu'à cet hiuer
La cruauté de cette Dame,
Et ne voulant plus esprouuer
L'iniuste mépris d'vne femme,
Ie viens auecque vous ce iour
Dedans le vin noyer l'Amour.

Si ce remede n'y fait rien
Que ie tiens icy dans ce verre,

Mes chers amis ie preuoy bien
Que toutes les eaux de la terre
N'appaiseront iamais l'ardeur
Du feu qui m'embraze le cœur.

TARCIS.

EXTAZE BACCHIQVE.

GAYETÉ

DE CARESME-PRENANT.

Pour le Banquet des Amoureux.

Vous de qui la gloire à nulle autre seconde
Sur l'aisle des beaux vers vole par tout le móde
Qui n'aspirans à rien qu'à l'immortalité,
Ne languissez iamais dedans l'oisiueté,
Quittez vn peu ce soin de vouloir tousiours viure
Qui vous tient iour & nuict collez dessus vn liure.
Bacchus veut des honneurs aussi bien qu'Apollon,
Vne table vaut mieux que le sacré Vallon,
Et les charmes d'vn luth ou bien d'vne Guitterre
N'ont rien de comparable aux delices d'vn verre
De qui la melodie & le doux cliquetis
Sçauent l'art d'attirer Iupiter chez Thetis
Lors que sollicité de son humeur plus douce
Auecque tous les Dieux il veut faire carousse.
    Amis soyons touchez d'vn semblable desir,
Ne mesurons le temps qu'aux regles du plaisir
Et ne nous plongeans point dans ces vaines pensées
Des choses aduenir ny des choses passées,

Sans que pas vn de nous face le ſuffiſant
Arreſtons nos Eſprits aux choſes du preſent,
Ioüiſſons du bon-heur que le Ciel nous oƈroye,
Sacrifions au Dieu qui preſide à la ioye:
Et ſans parler des Rois, ou bien des Potentats,
Ny du deſreiglement qu'on voit dans leurs eſtats,
Ny des diuers aduis du conſeil des Notables
Ne nous entretenons que de mots delectables,
Et tous expedions en nos particuliers
Plus de verres de vin qu'ils ne font de cahiers.

    Les ſages Anciens dont les Academies
Ont ſouuent reſueillé nos ames endormies,
Ont dit que nous ſentions quatre ſainƈtes fureurs,
Agiter nos eſprits de leurs douces erreurs,
Les Muſes, Apollon, l'Enfant que Cypre adore,
Et le Dieu qui vainquit les peuples de l'Aurore.
Qu'aujourd'huy chers Amis, l'amoureuſe liqueur
De ce diuin Neƈtar agite noſtre cœur,
Que ce puiſſant Demon qui preſide aux bouteilles
Soit l'vnique ſuiet de nos plus longues veilles,
Et quand la ſoif viendra troubler noſtre repos
Courons alaigrement l'eſteindre dans ces pots
Plus viſte que tous ceux de noſtre voiſinage
Ne coururent à l'eau pour appaiſer la rage
De l'Infame Vulcan dont le traiſtre Element
Embraza de Themis l'orgueilleux baſtiment.

    Si ces vieux Cheualiers qui couroient par le monde
Ont eſté renommez pour vne table ronde,
Nous qui ſuiuons l'Amour & reuerons ſes loix
Faiſons tous aujourd'huy de ſi vaillans exploits
Qu'on appelle en tous lieux ceſte trouppe honnoree,
Les braues champions de la table quarree.

B ii

Mais c'est trop discourir sur le point d'vn assaut,
Amis aduancez vous tandis que tout est chaud,
Voyez vous point ces plats d'vne odeur parfumée
Espandre autour de nous vne douce fumee
Que l'air de nostre haleine esleue dans les Cieux
En guise d'vn Encens que nous offrons aux Dieux.
   Pour moy qui suis contraire à ceste tirannie
Qui seconde les loix de la ceremonie,
Ie me sieds le premier en ceste place icy,
Despeschez mes amis, asseiez vous aussi,
Où vous irriterez le feu de ma colere
Qui ne s'appaisera que dans la bonne chere.
   Que ces mets delicats sont bien assaisonnez!
Que ce vin est friand! qu'il va peindre de nez,
D'vne plus viue ardeur que la plus belle Dame
N'en alluma iamais dans le fonds de nostre Ame.
Inspiré de Bacchus qui preside en ce lieu
Ie vuide ceste tasse en l'honneur de ce Dieu,
Quoy pour auoir tant beu ma soif n'est appaisee!
Ie la veux rendre encor quatre fois espuisee.
Amis c'est assez beu pour la necessité,
Ne beuuons desormais que pour la volupté.
   Que chacun à ce coup les temples enuironne
Des replis verdoyans d'vne belle couronne
De Pampre, de lierre, & de myrthes aussi
Il n'est rien de plus propre à charmer le soucy;
Et si mal-gré l'hyuer qui rauit toutes choses
Où peut trouuer encor des œillets & des roses
Semons en ceste place, ornons en ce repas,
Non pour ce que l'odeur en est pleine d'appas
Mais pour ce que ces fleurs n'ont rien de dissemblable
A la viue couleur de ce vin tant aymable

Qui resioüit nos yeux de son pourpre vermeil
Et iette plus d'esclat que les rais du Soleil.
    Profanes loin d'icy que pas vn homme n'entre
S'il est du rang de ceux qui n'ont soin de leur ventre,
Qui fraudent leur Genie, & d'vn cœur inhumain
Remettent tous les iours à viure au landemain.
Mal-heureux en effect celuy-là qui possede
Des biens & des thresors & iamais ne s'en ayde,
Tandis qu'on a le temps auecque le moyen
Il faut auec raison se seruir de son bien
Et suiuant les plaisirs ou l'âge nous conuie
Gouster autant qu'on peut les douceurs de la vie.
Quand nous aurons fait ioug à la loy du trespas
Nous ne ioüirons plus d'aucun plaisir la bas,
Nous n'aurons plus besoin de celliers ny de granges
Pour enfermer nos bleds & serrer nos vendanges,
Mais tristes & pensifs accablez de douleurs
Nous ne viurons plus lors que de l'eau de nos pleurs.
    Chers Amis laissons la ceste Philosophie,
Que chacun à l'enuy l'vn l'autre se deffie
A qui rendra plustost tous ces vaisseaux taris,
Six fois ie m'en vay boire au beau nom de CLORIS,
CLORIS le seul desir de ma chaste pensée,
Et l'vnique suiet dont mon ame est blessée,
Lydas verse tout pur puis-que la pureté
A tant de Sympathie auec ceste beauté,
Et puis ne sçais tu pas que l'Element de l'onde
Est la marque tousiours d'vne humeur vagabonde?
Si ie bois iamais d'eau qu'on m'estime vn oison,
Que personne en beuuant ne me face raison,
Que tout autant que l'eau mon vers deuienne fade,
Que mon goust depraué rende mon corps malade,
B iij

Que iamais de Beauté ne me face faueur,
Que l'on me monstre au doigt comme vne pauure
    beuueur,
Enfin qu'aux cabarets pour ma honte derniere
On escriue mon nom soubs celuy de Chaudiere.
  Certes ie hais ces mots qui finissent en eau,
Si i'eusse esté Ronsard i'eusse berné Belleau
Quand Sobre il entreprit ceste belle besongne
D'interpreter les vers de ce gentil yurongne
Qui dans les mouuemens d'vn esprit tout diuin
Honnora la vandange & celebra le vin.
  Mais à propos de vin, Lydas reuerse à boire,
Aussi bien ce piot rafraischit la memoire
Il fait rire & chanter les plus sages vieillards,
Il leur met en l'Esprit mille contes gaillards,
Et quoy que l'on ait dit de la faueur des Muses
Il inspire le don des sciences infuses
Si bien que tout à coup il arriue souuent
Que l'ignorant par luy deuient homme sçauant
Nostre TARCIS le sçait qui pour aimer la vigne
Passe desia par tout pour vn Poëte insigne
TARCIS qui dés long temps ne fait rien de diuin,
S'il n'a dedans le corps quatre pintes de vin.
  Ah que i'estime heureux l'amoureux d'IZABELLE,
Non pour ce qu'il adore vne fille si belle,
Non pour ce que les rais qui partent de ses yeux
Rendent plus de clarté que le flambeau des Cieux
Non pour ce que l'esclat qui brille dans sa tresse
Enchaisne mille cœurs dont elle est la maistresse,
Non pour ce qu'à Paris elle a tant de renom,
Mais pour ce qu'elle a tant de lettres en son nom,
Et que l'affection que cet Amant luy porte

A tant de mouuemens, eſt ſi viue & ſi forte
Qu'il ne peut faire moins que de boire huiĉt fois
Au nom de cet objeĉt qui le tient ſoubs ſes loix.
Pour moy ſoit qu'on me blaſme ou bié que l'ó mepriſe,
Ie veux changer le nom de GLORIS en CLORIZE
Où bien prendre CLORINDE ou d'autres mots
    choiſis,
Fais en mon cher AMINTE autant de ton ISIS,
Cela luy tiendra lieu d'vne nouuelle offrande,
Ce nom eſt trop petit & ta ſoif eſt trop grande.
  Mais inſenſiblement ie ne m'aduiſe pas
Que la force du vin debilite mes pas,
Ie ſens mon eſtomac plus chaud que de couſtume,
Ie ne ſçay quel braſier dans mes veines s'allume,
Ie commence à doubter de tout ce que ie voy,
La teſte me tournoye & tout tourne auec moy,
Ma raiſon s'eſbloüit, ma parolle ſe trouble,
Comme vn nouueau Penthé ie vois vn Soleil double,
I'enten dedans la nuë vn tonnerre eſclatant
Ie regarde le Ciel & ny vois rien pourtant,
Tout tremble ſoubs mes pieds, vne ſombre pouſſiere
Comme vn nuage eſpais offuſque ma lumiere,
Et l'ardante fureur m'agite tellement
Qu'auecque la raiſon ie perds le ſentiment.
Euoé ie fremis, Euoé ie friſſonne,
Vn vent de ſſus mon chef eſbranle ma couronne,
Et ie me trouue icy tellement combatu
Que ie tombe par terre & n'ay plus de vertu.
  Puiſſante Deitè, mon vainqueur & mon Maiſtre,
Si tu m'as autrefois aduoüé pour ton Preſtre,
Si iamais tu m'as veu plus qu'aucun des Mortels
Eſpandre au lieu d'Encens du vin ſur tes Autels,

B iiij

Race de Iupiter, digne enfant de Semele,
Appaise la fureur qui m'accable sous elle,
Dissipe les vapeurs de ce bon vin nouueau
Qui tempeste, qui boult au creux de mon ceruean,
Rends plus fermes mes pas, modere ta furie,
Donne moy du repos, ô pere ie t'en prie
Par ton Thyrse couuert de pampres tousiours vers,
Par les heureux succés de tes trauaux diuers,
Par l'effroiable bruit de tes sainctes Orgies,
Par le trepignement des Menades rougies,
Par le chef herissé de tes fiers Leopars,
Par l'honneur de ton nom qui vole en toutes parts,
Par la solemnité de tes sacrez mysteres,
Par les cris redoublez des Festes Trieteres,
Par ta femme qui luit dans l'Olympe estoilé,
Par le Bouc qui te fut autresfois immolé,
Par les pieds chancelans du vieux pere Silene,
Bref par tous les appas de ce vin de Surene.
   Ainsi dit CERILAS, d'vn geste furieux
Rouant dedans la teste incessamment les yeux;
Bacchus qui l'entendit, d'vn bruit espouuantable
Fit trembler à l'instant les treteaux & la table
Sans que les vases pleins de la liqueur du Dieu
Fussent aucunement esbranlez en ce lieu,
Tesmoignage certain qu'il ne mit en arriere
De son humble Subiet la deuote priere,
Et de fait luy sillant la paupiere des yeux
Il gousta le repos d'vn sommeil gratieux.

CERILAS.